うさぎのラジオ

島村木綿子●作　いたやさとし●絵

国土社

〃ダンッ〃

するどい音《おと》が、へやにひびきました。

ちなみはびくりとすると、絵日記《えにっき》をかいていた手《て》をとめて、ふりかえりました。

「月丸《つきまる》、どうしたの？　うるさいよお！」

月丸《つきまる》は、つやつやの、黒《くろ》い毛《け》なみをした、ミニうさぎです。

きょねんの春《はる》、ペットショップで、ひとめ見《み》て気《き》にいったちなみが、両親《りょうしん》にたのんで、かいはじめました。

黒《くろ》いからだの、くびのうしろにだけ、三日月《みかづき》のかたちをした白《しろ》い毛《け》があるので、「月丸《つきまる》」という名《な》まえをつけました。

月丸《つきまる》といっしょにすごす、二どめの夏休《なつやす》みでした。

しんぱいして、見《み》まもるちなみのまえで、月丸《つきまる》は、きんちょうしたときに、いつもするように、耳《みみ》をピンとのばして、せわしなく、はなをうごかしています。

うさぎは、なにかにおどろいたときや、けいかいしたときに、うしろ足で、つよくゆかをたたきます。

月丸《つきまる》はけさから、なんどもダンッ、ダンッと、大《おお》きな音《おと》を、へやの中《なか》にひびかせていました。

「月丸《つきまる》ったら、どうしたの？」

しばらくおでこをなでてやっていると、ようやく、おちついたのか、毛《け》づくろいをはじめました。

「もう、だいじょうぶ？」

こえをかけても気《き》づかないくらい、毛《け》づくろいに、むちゅうになっています。

うさぎは、ねこにまけないくらい、毛《け》づくろいがだいすきです。

月丸《つきまる》は、せかせかと、せなかとしっぽをなめおわると、まえ足《あし》をつかって、

ていねいに、かおもあらいました。

これからが、耳《みみ》のていれのはじまりです。

りょうほうのまえ足《あし》で、ながい耳《みみ》をかたほうずつ、口《くち》もとにもっていって、ペロペロとなめます。

まえ足《あし》をつかって、じょうずに耳《みみ》をたぐりよせるうごきが、とてもかわいいので、毛《け》づくろいのなかでも、ちなみが、いちばんすきなしぐさでした。

絵日記《えにっき》のつづきをかくのもわすれて、月丸《つきまる》が耳《みみ》を手《て》いれするようすを、にこにこと見《み》ていたちなみが、

「あれっ!」

とつぜんこしをうかせたので、月丸《つきまる》は、じぶんのケージの中《なか》に、とびこみました。

目《め》をまるくして、びっくりしたように、ちなみを見《み》ています。

ちなみは、はなが、くっつきそうなくらい、かおをゆかにちかづけました。月丸《つきまる》が、いままですわっていたあたりです。

「これ、なんだろう？」

ちなみが、ゆかの上《うえ》からつまみあげたのは、小《ちい》さな黒《くろ》いものでした。

小《こ》ゆびのつめほどの大《おお》きさで、サイコロみたいな、四角《しかく》いかたちをしています。これがさっき、月丸《つきまる》の耳《みみ》の中《なか》から、こぼれおちたように見《み》えたのです。

「んんん？」

目《め》の高《たか》さまであげて、上《うえ》から下《した》から、ながめてみましたが、ただの黒《くろ》いはこにしか見《み》えません。

においをかいだり、ふってみたりしましたが、さっぱりわかりません。

Pojďte
pane
budeme

ゆびで、つよくはさんでみても、びくともしませんでした。

「なんでこんなのが、月丸《つきまる》の、耳《みみ》の中《なか》から

でてきたのかなあ……」

黒《くろ》いかたまりを、つくえの上《うえ》でころがしながら

かんがえていましたが、ふとおもいついて、耳《みみ》もとへ

もっていきました。

月丸《つきまる》の、耳《みみ》の中《なか》からでてきたのなら、耳《みみ》のちかくに

もっていけば、なにか、わかるかもしれないと、

おもったからです。

するとどうでしょう！

かすかな音《おと》が、きこえてきたではありませんか！

Pojďte
pane

ちなみは、もっとつよく、耳《みみ》におしあててみました。

「……て、つぎは、ちゅ……まちにおす……いの……」

わずかですが、ことばがききとれました。だれかが、はなしているみたいです。

ちなみは、きこえてくるこえに、ききいりました。

だんだんことばが、はっきりしてきました。

「うちのかいぬしは、夏《なつ》だ……いって、いちにちじゅう、エア……けています。……のカゴは……ンのま下《した》にあ……で、さむすぎて、かぜをひいてし……そうです。どうしたらいいでしょうか？　という、ロップイヤーうさぎ…ピンキーさんからのおたよりです」

ちなみはびっくりして、いきをのみました。
月丸《つきまる》を見《み》ると、こちらにおしりをむけて、
コリコリと、えさをたべているところでした。
「もしかして……、これ……、うさぎのラジオ？」
ちなみは、ふしぎなおもいで、
小《ちい》さな黒《くろ》いはこを見《み》つめました。

気《き》がつくと、月丸《つきまる》がケージからでてきて、ゆかを
かぎまわっていました。まるで、なにかを
さがしているようです。
ちなみはとっさに、ラジオをにぎりしめると、
せなかのうしろに、かくしてしまいました。

つぎの日《ひ》から、ちなみは、うさぎのラジオをきくのが、たのしみになりました。

このラジオのことは、だれにもはなしていません。ちなみだけのひみつです。

朝《あさ》おきると、まず、うさぎのラジオを耳《みみ》にあてました。

朝《あさ》いちばんにきこえてくるのは、野《の》うさぎたちのための「野《の》はらだより」という番組《ばんぐみ》です。

「みなさん、おはようございます！『野《の》はらだより』です！

では、きょうはさいしょに、タンポポネットから……」

おいしい草《くさ》があるばしょや、どこかの山《やま》で、
子《こ》うさぎが生《う》まれた、というニュースが、
つぎつぎと、しょうかいされていきます。
ときには、
「ただいま、スギ山《やま》の上《うえ》を、タカがとんでいます。
ちかくにいるみなさんは、いそいでやぶの中《なか》や、
木《き》の下《した》にかくれてください！」
というような、きんきゅうのおしらせも、
はいったりします。

「野《の》はらだより」のおかげで、ちなみは、じぶんが

すんでいる町《まち》のちかくにも、野《の》うさぎたちが、
くらしていることを、はじめてしりました。
耳《みみ》をすますと、草《くさ》のかおりや風《かぜ》の音《おと》、
木《こ》の葉《は》のあいだからこぼれる、木《こ》もれ日《び》まで、
かんじることができました。
しぜんのなかで、いっしょうけんめい生《い》きている、
野《の》うさぎたちのすがたも、目《め》にうかんできます。
ちなみも、きょうをしっかりがんばろう、
という気《き》もちになります。

一日《いちにち》のはじまりに、ぴったりの番組《ばんぐみ》でした。

「野《の》はらだより」がおわると、つぎは「音楽《おんがく》さんぽ」の時間《じかん》です。

うさぎたちは、耳《みみ》がながいだけあって、音《おと》をきくのが大《だい》すきなようでした。

ヒグラシゼミのこえや、海《うみ》のなみの音《おと》など、いろいろな音《おと》が、リクエストにこたえて、ながれてきます。

ときには、夏《なつ》のあつさをわすれるようにと、北風《きたかぜ》が水《みず》をこおらせる音《おと》、などというのもありました。

なかでも、鳥《とり》たちの歌《うた》はにんきが高《たか》くて、さまざまな鳥《とり》のさえずりが、リクエストされます。

カナカナカナ
カナカナカナ…

ザザザ
ザザザザ…

ヒョオー
バキ
バキ
バキ

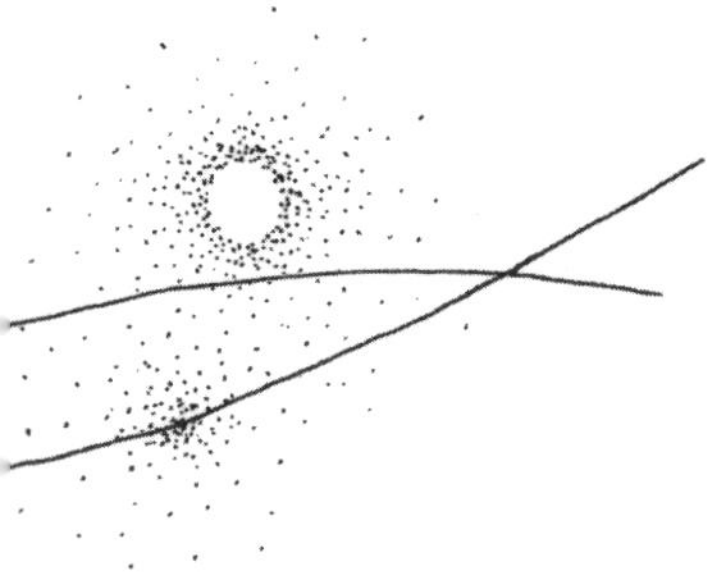

「つぎは、さくら山《やま》におすまいの、のうさぎネムコさんからのリクエスト、『イソヒヨドリのラブソング』です。
どうぞ、おたのしみください！」
きこえてきたのは、うっとりするくらいきれいな、鳥《とり》のさえずりでした。
すきとおった歌《うた》ごえが、ちなみのむねの中《なか》を、小川《おがわ》のせせらぎのように、キラキラとながれていきます。

イソヒヨドリ、という鳥《とり》がいるのも、はじめてしりました。
ずかんで見《み》ると、イソヒヨドリのオスは、
せなかは青色《あおいろ》、むねはレンガ色《いろ》の、とてもきれいな
すがたをしていました。

「ネムコさんからのおたよりを、しょうかいします。
『わたしがすむさくら山《やま》は、海《うみ》から、とおくはなれたところに
あります。だから、海《うみ》のちかくにすむという、
イソヒヨドリの歌《うた》ごえは、いちどもきいたことがありません。
とてもきれいだという、うわさなので、ぜひきいてみたいです。
どうぞよろしくおねがいします』

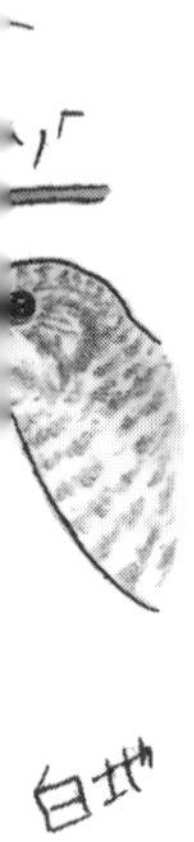

とのことです。ネムコさん、
気《き》にいって
いただけましたかあ?」
「はいっ、とーってても
気《き》にいりましたあ!」
ネムコさんのかわりに、
元気《げんき》にこたえました。
ちなみはすっかり、
うさぎたちのなかまに
なった気分《きぶん》でした。

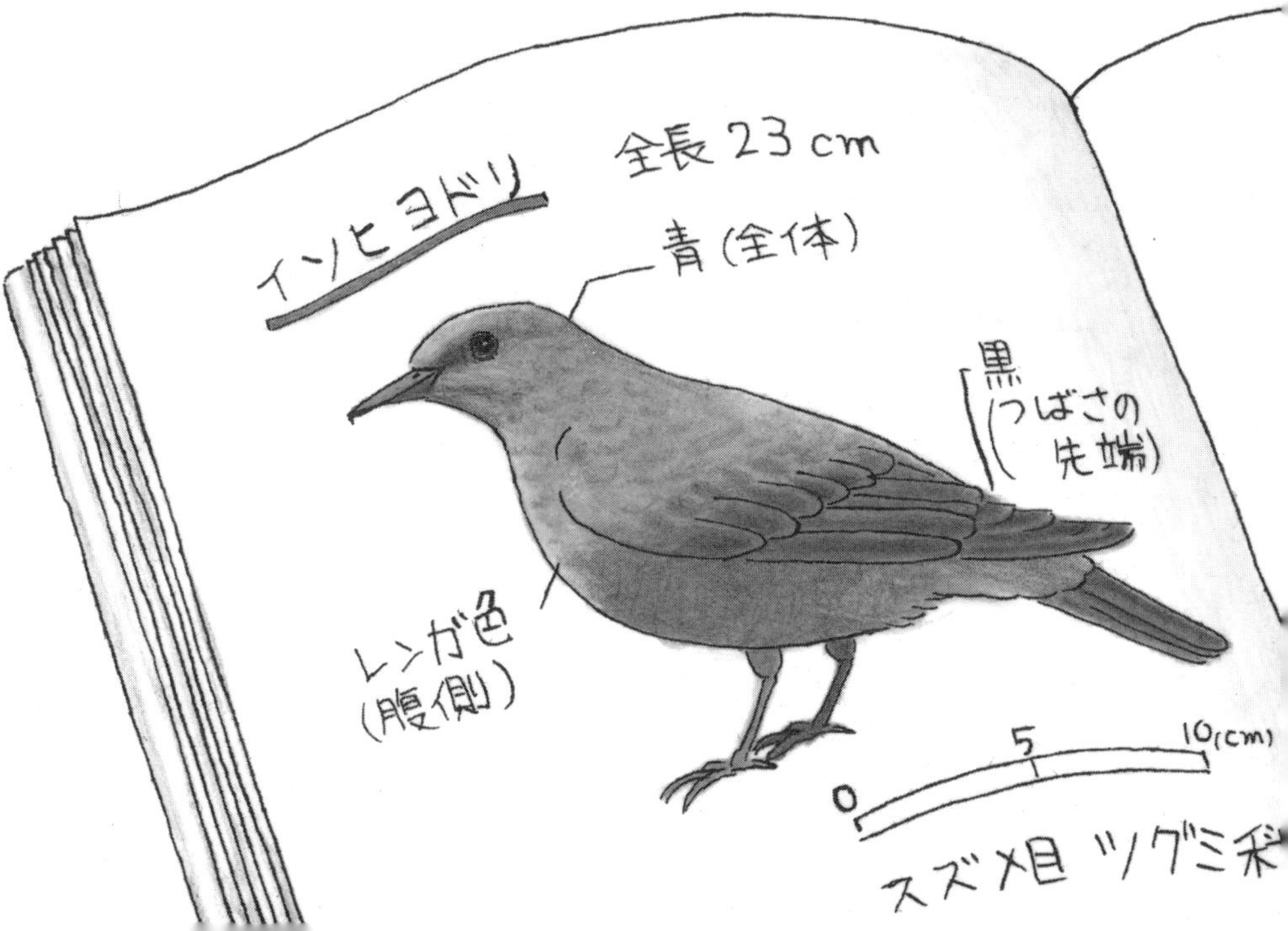

「音楽《おんがく》さんぽ」は、おひるまえにおわります。
それからしばらくのあいだ、ラジオの番組《ばんぐみ》は
おやすみになります。
もともとうさぎは、夜《よる》に活動《かつどう》するいきものなので、
ひるまの時間《じかん》は、ねていることのほうが、おおいからです。
きっと、アナウンサーのうさぎたちも、ひるねを
しているにちがいありません。
月丸《つきまる》も、この時間《じかん》はたいてい、うたたねをしています。

午後《ごご》の番組《ばんぐみ》は、三時《じ》の「キャロット・タイム」から
はじまります。人間《にんげん》とくらしている、ペットうさぎたちの
ための番組《ばんぐみ》です。
「キャロット・タイム」は、まず、たいそうからはじまります。
「さあ。みなさん、よういはいいですかあ？　きょうも、
さいしょは、ジャンプたいそうからです。右《みぎ》に左《ひだり》に元気《げんき》よく、
ジャンプしましょう。それっ、イチ、ニッ、サンッ！」
ペットうさぎたちは、運動《うんどう》ぶそくになることが
おおいので、たいそうは、かかせないらしいのです。
そういえば、月丸《つきまる》も、きゅうにへやの中《なか》で、ジャンプを
はじめることがありました。

（そうか、あれは、このたいそうをしていたんだ！）

ちなみは、ふふっと、わらってしまいました。

「ジャンプたいそうのつぎは、
ダッシュ・アンド・ターンですよお！
ころばないように、気《き》をつけてえ！
さあ、ごいっしょに、ダーッシュ！」

アナウンサーの、はずむかけごえに、ちなみまで
はしりだしたくなりました。

ドドドド
ダダダダ
ピタッ
クルッ
ババババ

月丸《つきまる》を見《み》ると、
たいくつそうに、
そとをながめています。
ちなみは、月丸《つきまる》に
わるい気《き》がしましたが、
まだ、ラジオは
かえしたくありません。
（ごめんね、月丸《つきまる》。
もうすこし、かしておいてね）
ちなみは、むねの中《なか》で
つぶやきました。

たいそうの時間《じかん》がおわると、つぎは、うさぎたちの「おなやみそうだん」です。

「さいしょは、森町《もりまち》の、木村《きむら》さんのおたくにおすまいの、ネザーランドワーフの、スバルさんからのおたよりです」

アナウンサーのはきはきしたこえが、耳《みみ》に気《き》もちよくひびきます。

「ボクは夏《なつ》が、とってもにがてです。夏《なつ》バテをしないようにするには、どうすればいいですか？　というごしつもんです。うさぎ健康研究家《けんこうけんきゅうか》の白雪《しらゆき》さんに、おこたえいただきます」

「わあ、これは月丸《つきまる》のせわに、やくにたちそう！」

ちなみは、いそいで、メモをとりはじめました。ラジオをきいているうちに、わかったのですが、うさぎたちからのたよりを、ラジオ局《きょく》にとどけているのは、スズメやハトたちでした。

というのも、番組《ばんぐみ》のさいごに、

「あしたの天気《てんき》と、はいたつ鳥《どり》さんのコース案内《あんない》」

というおしらせがあるのです。

それによると、それぞれの町《まち》で、たんとうのスズメやハトが、きまっていました。

ちなみのすんでいる町《まち》は、〝カンタさん〟という名前《なまえ》の

スズメが、たんとうでした。
ちなみのへやのベランダにも、ときどき、
スズメたちがすがたを見《み》せます。

そのなかに、カンタさんが
いるのかもしれません。
ラジオで、このことをしった
ちなみは、ベランダにきていた
スズメに、
「カンタさん、ごくろうさま！」
と、こえをかけてしまいました。
スズメはおどろいて、
あっというまに
とんでいってしまいましたが……。

ラジオでは、白雪《しらゆき》さんの話《はなし》がつづいていました。
ちなみはしんけんな顔《かお》で、えんぴつをうごかしていました。
そのときです！
〝ピンポーン、ピンポーン！〟
とつぜん、大《おお》きなチャイムの音《おと》が、ラジオの中《なか》になりひびきました。
りんじニュースのあいずです。
「あっ、サスケのことかな？」
ちなみは、メモをとる手《て》をとめると、ラジオのこえに、耳《みみ》をすませました。

「りんじニュースです！　きょうのひるすぎ、サスケさんらしい、うさぎのすがたを見《み》かけた、というじょうほうが、北野町《きたのまち》たんとうの、スズメのチッチさんからよせられました。それによると、サスケさんらしいうさぎは、コンビニよこのあき地《ち》をでて、みどり町《まち》のほうへはしりさったそうです。
みどり町《まち》しゅうへんに、おすまいのみなさま、サスケさんを見《み》かけましたら、すぐにラジオ局《きょく》まで、おしらせください」

ききおわると、ちなみはふうーっと、いきをはきました。

サスケのことは、なんども、
りんじニュースに
なっていました。
サスケは、
ちなみが、うさぎのラジオを
ききはじめるまえの日《ひ》に
すてられた、ミニうさぎです。
かいぬしは、サスケを、
川原《かわら》におきざりにして、
ひっこししてしまったのです。

ひとにかわれていたうさぎは、そとにおきざりにされたら、カラスやねこにおそわれたり、くるまにはねられたりして、死《し》んでしまうことがおおいのだと、ペットショップのひとが、おしえてくれました。

だから、ぜったいに、すてたりしては、いけないのです。

サスケのことを、うさぎたちはとても、しんぱいしていました。

ラジオでしったときから、ちなみもずっと、気《き》にしていました。

そとにでたときは、気《き》になるばしょを、さがしたりしていましたが、見《み》つけられませんでした。

サスケは、きっといまも、
心《こころ》ぼそさとこわさで、どこかで
ふるえているのでしょう。
それをおもうだけで、
むねがくるしくなってきます。
「はやく、たすけてあげないと……」
ちなみは、くちびるを
かみしめると、まどのそとに
目《め》をやりました。
夕立雲《ゆうだちぐも》がひろがった空《そら》は、
おもくしずんでいました。

つぎの日《ひ》のことでした。

おひるまえに、水泳教室《すいえいきょうしつ》からもどったちなみは、いそいで、うさぎのラジオを耳《みみ》にあてました。

そのとたん、アナウンサーの、きんちょうしたこえが、とびこんできたのです！

「りんじニュースです！

たったいま、みどり町《まち》のみずき公園《こうえん》わきのどうろで、サスケさんらしいうさぎが、くるまにはねられたのを、いえのまどから、アンゴラうさぎのマロンさんが、もくげきしたという、れんらくがはいりました！」

「えっ、くるまに！」

ちなみは、おもわず、大《おお》きなこえをあげていました。

血《ち》をながして、みちにたおれている、サスケのすがたが、あたまの中《なか》にうかんできて、足《あし》から力《ちから》がぬけそうです。

ちなみのようすに、おどろいたのでしょうか。

月丸《つきまる》がとつぜん、ダンッ、ダンッと、足《あし》をふみならしました。

そうして、ちなみの足《あし》もとに、かけよってくると、ふあんそうな目《め》で、かおを見《み》あげました。

つづきをきくのがこわくて、ラジオをほうりだしそうな気《き》もちをがまんして、ちなみは大《おお》きくしんこきゅうをしました。

また、アナウンサーのこえが、きこえはじめました。

「……によると、そのうさぎは、足《あし》をひきずりながら、みずき公園《こうえん》のつつじの下《した》に、もぐっていったそうです。毛《け》の色《いろ》や、からだつきなどから、サスケさんだとおもわれます。サスケさんがぶじか、げんざい、ハトのホロロさんたちが、かくにんをしに……」

ききおわらないうちに、ちなみは、自転車《じてんしゃ》のカギをつかむと、へやをとびだしていました。

「あら、ちなみ？　どこへいくの？」

リビングのテーブルに、おひるごはんをならべていた、おかあさんのこえも、耳《みみ》にはいりませんでした。

ちなみがでていったへやのドアを、月丸《つきまる》がじっと見《み》つめていました。

みずき公園《こうえん》は、ちなみの家《いえ》から、自転車《じてんしゃ》で十分《ぷん》ほどのところにあります。

(サスケ！　いま、たすけてあげるからね。がんばれっ！)

ちなみは、むねの中《なか》でさけびながら、自転車《じてんしゃ》のペダルをつよくふみつづけました。

やっと、公園《こうえん》が見《み》えてきました。

みずき公園《こうえん》は、野球《やきゅう》 場《じょう》くらいのひろさで、たくさんの木《き》がうっそうとしげっています。

その中《なか》から、サスケがかくれている、つつじの木《き》を、さがさなくてはなりません。

つつじは、ちなみがすむマンションの、かだんにもある

木なので、葉《は》っぱを見《み》れば
わかります。

公園《こうえん》の入口《いりぐち》で、ちなみは自転車《じてんしゃ》をとびおりました。

すぐに、サスケをさがそうとしたのですが、公園《こうえん》のまわりをとりかこむように、何《なん》十本《ぽん》ものつつじが、うえられているではありませんか。

「どうしよう……。こんなに、つつじの木《き》があるなんて」

ちなみは、なきそうになりました。でも、あきらめるわけにはいきません。

このしゅんかんにも、サスケは、くるしんでいるかもしれないのです。

あせる気《き》もちをおさえて、ちなみは、サスケをさがしはじめました。

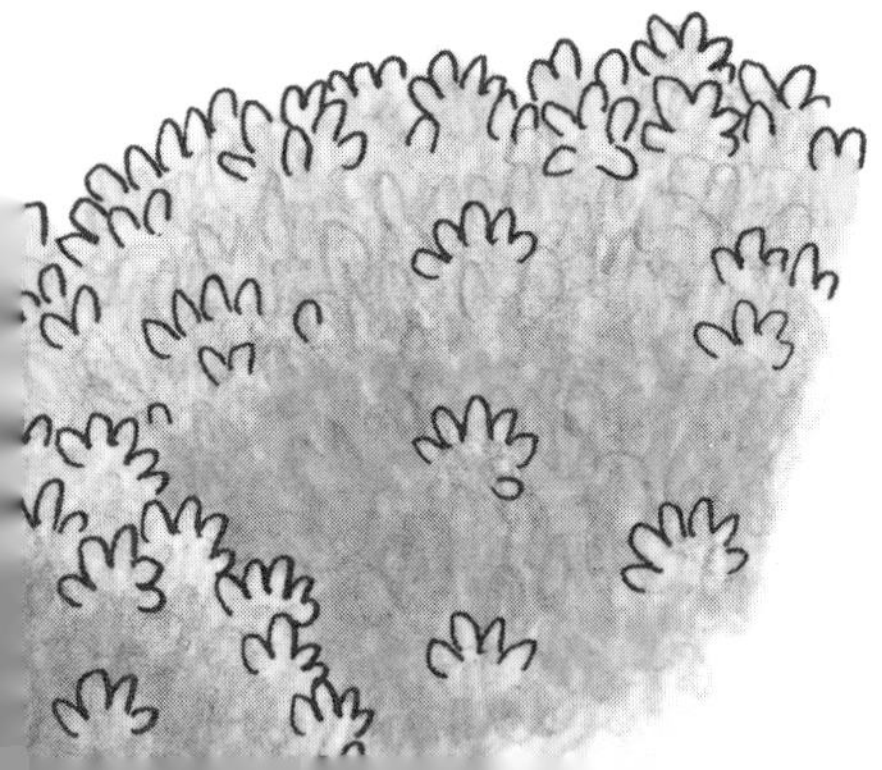

「サスケ！　どこにいるの？」

つつじの根《ね》もとを、ひとつひとつのぞいていきます。

さんぽをしているひとや、ベンチでやすむひとたちが、ふしぎそうに見《み》ていますが、気《き》にしてなどいられません。

「サスケ！　サスケ！」

手《て》のひらや、ひざが、どろだらけになるのもかまわずに、さがしつづけました。

でも、サスケのすがたは見《み》あたりません。

太陽《たいよう》は、あたまのま上《うえ》で、ギラギラと照《て》りかえり、どんどんあつくなっていきます。

かおをあらったみたいに、あせがながれて、
目《め》にしみました。
とうとうちなみは、クスノキの木《こ》かげに、
すわりこんでしまいました。
「もう、この公園《こうえん》には、いないのかなあ……」
ハンカチで、あせをふこうと、ポケットに手《て》をいれた
ちなみのゆびさきに、小《ちい》さなかたいものが、ふれました。
「あっ、これって！」
うさぎのラジオでした。
へやをとびでるときに、ポケットにいれたのを、すっかり
わすれていました。

「ラジオをきけば、なにかわかるかもしれない！」
ちなみはいそいで、ラジオを耳《みみ》にもっていきました。
きこえてきました！
サスケのニュースを、ラジオはずっと、つたえていたのです。

「……と、ハトのピースさんも、いま、みずき公園《こうえん》に、むかっているところです。すでにかけつけている、スズメのミススズさんによりますと、サスケさんは、つつじの下《した》からでて……」

「つつじの下《した》からでたっ⁉」

はねるように立《た》ちあがった、しゅんかんでした。

ラジオが、地《じ》めんに、ころがりおちてしまいました。

ちなみは、あわててひろうと、また耳《みみ》にあてました。

ところが、どうしたことでしょう。ラジオから、こえがきこえてこないのです。

「えーっ！　なんで？　これじゃあ、サスケがどこにいるかわからないよお……」

どんなに耳《みみ》におしつけても、ラジオからは、もう、ザーザーという音《おと》しか、きこえませんでした。

でも、サスケは、まだ公園《こうえん》にいるはずです。ラジオでも、ハトのピースさんが、みずき公園《こうえん》にむかっていると、いっていました。

そのときです。たくさんの鳥《とり》たちが、さわがしくないているのに、気《き》がつきました。

「もしかして！」

ちなみは、ラジオをポケットにもどすと、こえのするほうへはしりました。

やがて、一本《ぽん》のヤツデの木《き》が、目《め》にとびこんできました。そこの根《ね》もとにだけ、スズメやハトが、何羽《なんわ》もあつまっています。

おもたそうなヤツデの葉《は》が、地《じ》めんまでたれさがり、根《ね》もとは見《み》えません。でも鳥《とり》たちは、葉《は》っぱをしきりに、くちばしでつついていました。

「あそこだっ！」

ちなみは、まよわず、ヤツデにかけよりました。

ちなみの足音《あしおと》におどろいて、鳥《とり》たちがいっせいに、とびたちました。みんな、ちかくのカシの木《き》や、さくらの木《き》のえだにとまって、しんぱいそうに下《した》を見《み》ています。

ちなみは、ヤツデのまえにひざまずきました。

なんまいものヤツデの葉《は》が、とおせんぼをしているように、根《ね》もとをかくしています。

ちなみは、みっしりとしげったヤツデの葉《は》を、りょう手《て》でかきわけました。ヤツデの木《き》の下《した》は、夏《なつ》とはおもえないほど、くらくて、ひんやりしていました。

あたまの上《うえ》では、スズメやハトたちが、はげますようにないています。

「よおし!」

勇気《ゆうき》をだして、ヤツデの根《ね》もとをのぞきこみました。

つめたい空気《くうき》が、ほっぺたをなでて、しめった土《つち》のにおいが、ムン、と、おしよせてきました。それでも、ちなみは一歩《ぽ》、足《あし》をまえにすすめました。すると……。

いました!

くらがりの中《なか》に、なにかがうずくまっています。

目《め》をこらすと、ながい耳《みみ》が見《み》えました。

まちがいありません。

うさぎです！

「サスケっ！」

ちなみは、はらばいになって、ヤツデの下《した》にもぐっていきました。

鳥《とり》たちが、ぴたりとなくのをやめ、ちなみを見《み》まもっています。

えだや葉《は》が、おそいかかるように、せなかにかぶさってきても、すこしもこわくありません。

ちなみはもう、サスケのすがたしか、見《み》ていませんでした。

ちかづいてみると、サスケのからだが、
ふるえているのがわかりました。
「サスケ、こわがらなくてもいいからね。ラジオをきいて、
たすけにきたんだよ」
やさしくこえをかけながら、サスケに手《て》をのばしました。
ふれたしゅんかん、ちなみのゆびさきに、サスケの
からだのやわらかさと、あたたかさがつたわってきて、
なみだがでそうになりました。
りょう手《て》でそっと、サスケのからだをつかまえると、
ゆっくり、ヤツデの下《した》から、はいだしました。
サスケはおとなしく、ちなみに、からだをあずけています。

サスケをだいて、ちなみがヤツデの根《ね》もとから、すがたをあらわすと、なきやんでいた鳥《とり》たちが、またいっせいに、うたいだしました。

あかるいところで見《み》ると、サスケの左《ひだり》のうしろ足《あし》から、血《ち》がでているのがわかりました。ほかのところには、けがは見《み》あたりません。

でも、すてられた日《ひ》からきょうまで、いろいろなめにあったのでしょう。ずいぶんやせていました。

毛《け》の色《いろ》もすっかりよごれて、ところどころぬけて、地《じ》はだがのぞいています。

「サスケ、こわいおもいを、たくさんしたんだね」
ちなみのうでの中《なか》で、サスケはまだ、かすかにふるえていました。
「もう、だいじょうぶだよ。すぐ病院《びょういん》につれていってあげるからね」

サスケのあたまを、そっとなでると、ちなみは公園《こうえん》の出口《でぐち》にあるいていきました。

〝ピンポーン、ピンポーン〟

うさぎのラジオに、チャイムがなりひびきました。

「りんじニュースです！　みずき公園《こうえん》わきの道路《どうろ》でけがをしたサスケさんは、松下町《まつしたまち》におすまいのミニうさぎ、月丸《つきまる》さんのせわにん、人間《にんげん》のちなみさんによって、ぶじにたすけられました。さいわい、けがはかるく、二日《ふつか》ほどの入院《にゅういん》ですみそうです！」

サスケを、動物病院《どうぶつびょういん》にあずけて、いえにもどると、ちなみはすぐに、ラジオを耳《みみ》にあててみました。そして、まっさきに、耳《みみ》にとびこんできたのが、このニュースでした。じぶんの名《な》まえが、ラジオからよばれるのは、とてもてれくさくて、へんなかんじです。

でも、ちょっと、ほこらしくもありました。

ベランダに、スズメやハトがたくさんきて、にぎやかになきながら、へやの中《なか》をのぞいています。

鳥《とり》たちにむかって、ピースサインをしていたちなみは、アナウンサーのことばに、耳《みみ》をうたがいました。

「たったいま、ミニうさぎの月丸《つきまる》さんから、おたよりがとどきました。『ちなみさんなら、きっと力《ちから》になってくれると、しんじていました。いとこのサスケがたすかって、とてもうれしいです』ということです」

「えーっ、サスケが、月丸《つきまる》のいとこぉ!?」
ちなみはびっくりして、月丸《つきまる》を見《み》ました。
月丸《つきまる》は、ざぶとんの上《うえ》で、せなかをなめている
さいちゅうでした。ちなみのほうを、見《み》ようともしません。
おどろくちなみをよそに、アナウンサーはさらに、
ことばをつづけました。

「それから、月丸《つきまる》さんから、ちなみさんへの伝言《でんごん》です」

「えっ」

「『ちなみさん、どうもありがとう。でも、そろそろ、ぼくのラジオを、かえしてくださいね』だそうです」

ちなみは、しばらくポカンと、口《くち》をあけていましたが、やがて、こらえきれずに、わらいだしました。

「はい！」

ちなみはわらいながら、ラジオをのせた手《て》のひらを、月丸《つきまる》のまえにさしだしました。

すると月丸《つきまる》は、すばやくラジオを、口《くち》で
くわえたかとおもうと、まえ足《あし》を
じょうずにつかって、あっというまに、
耳《みみ》の中《なか》に、いれてしまったではありませんか。
「月丸《つきまる》、わざと、ラジオをおとしたんでしょう？
ちゃあんと、サスケをたすけたんだから、
またいつか、ラジオをかしてよね」
　ちなみのことばなど、きこえなかったように、
月丸《つきまる》はうしろ足《あし》で、耳《みみ》のよこをかきました。

作者●島村木綿子（しまむらゆうこ）

熊本県生まれ。主な作品に詩集『森のたまご』（銀の鈴社 三越左千夫少年詩賞）、共著『まぼろしの犬』（新日本出版社）『七草小屋のふしぎなわすれもの』（国土社　第53回青少年読書感想文全国コンクール課題図書）『七草小屋のふしぎな写真集』（国土社）などがある。

画家●いたやさとし

1999年・2002年にイタリア・ボローニャ国際絵本原画展入賞。主な挿し絵の仕事に『ビアンキの動物ものがたり』『ドラゴンが教室にやってきた』（共に日本標準）『月あかりのおはなし集』（小学館）『大きなクマのタハマパー』（ひさかたチャイルド）などがある。

本書は第15回「毎日新聞小さな童話大賞」受賞作をもとに新しく書きおろしました。

うさぎのラジオ

NDC913　79p

作　者＊島村木綿子　画　家＊いたやさとし

発　行＊2011年11月15日　初版1刷発行

発行所＊株式会社　国土社　〒161-8510 東京都新宿区上落合1-16-7

電話＝03(5348)3710　FAX＝03(5348)3765

URL＝http://www.kokudosha.co.jp

印　刷＊モリモト印刷株式会社　製　本＊株式会社難波製本

ISBN978-4-337-33612-4

＊乱丁・落丁の本はおとりかえいたします。定価はカバーに表示してあります。〈検印廃止〉